香港字遊學

作者字序

《香港字遊學》這本書原本是沒有打算出版的，最多是印本來玩的吧，但因緣際會下，得到出版社的鼓勵，今天，這本書終於可以出版了！感恩。

《香港字遊學》原本是叫《有字頭》，本來是在黃獎的雜誌內刊登的，因為那次是他們第一次，所以他們的主題就環繞以第一次為主題出書。而我就以〈第一次殺人〉的主題來畫了一篇數頁的漫畫。

當中他不限我們的元素，所以我就反傳統，創作了用字形來代替人頭的人設造型。原因是一般人都是著重面部表情的表達、相頭等東西。那麼，我們可以做一個不用畫頭的漫畫嗎？於是我就繪畫了《有字頭》的第一篇漫畫〈第一次殺人〉，之後再用它來參加了「新星4格漫畫比賽」，也幸運地拿下了冠軍，之後再放上網上也有不同迴響。

今次，再將此漫畫整理加畫至16頁，連同其他《有字頭》漫畫集結成書，感謝各位支持！

Bobby

有些消失的地方
彷彿好像
要在夢幻的國度
才可以找回

禾日

水巷

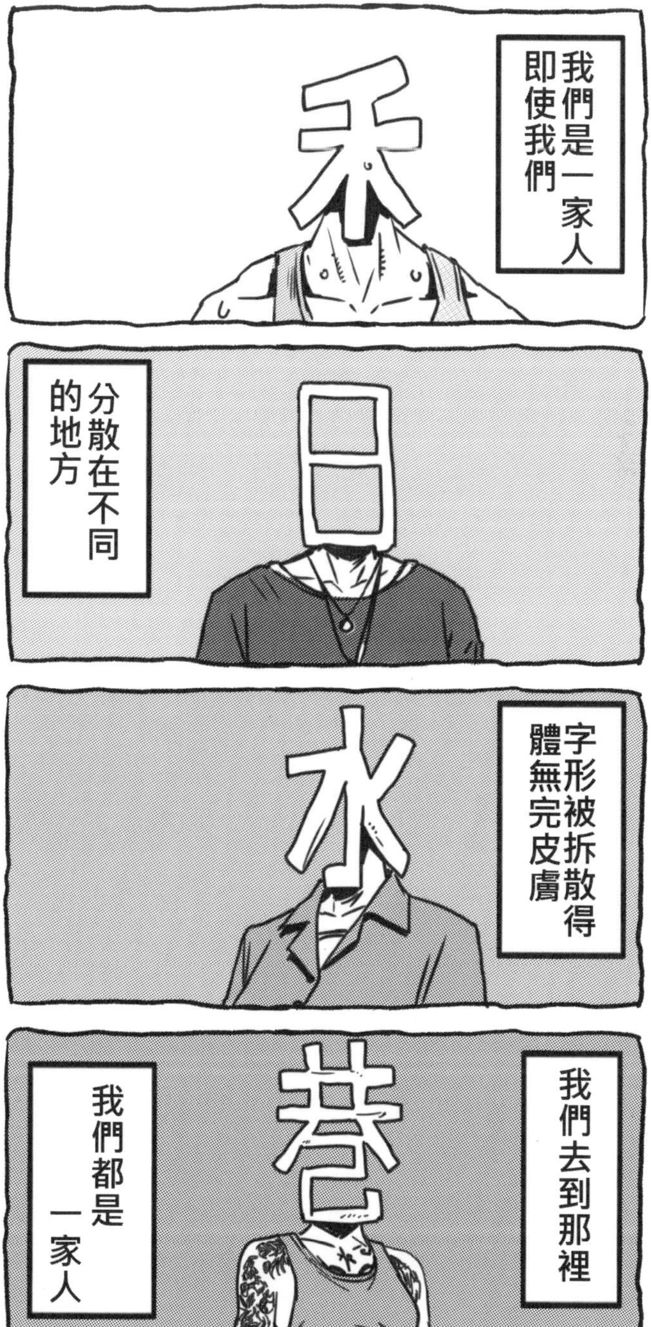
禾
我們是一家人
即使我們
日
分散在不同
的地方
水
字形被拆散得
體無完皮膚
巷
我們去到那裡
我們都是
一家人

《說文解字》：

「香，芳也。从黍从甘。」

因此，古小篆字體下方不從「日」，

而從「甘」，禾日，應當為禾甘。

杳

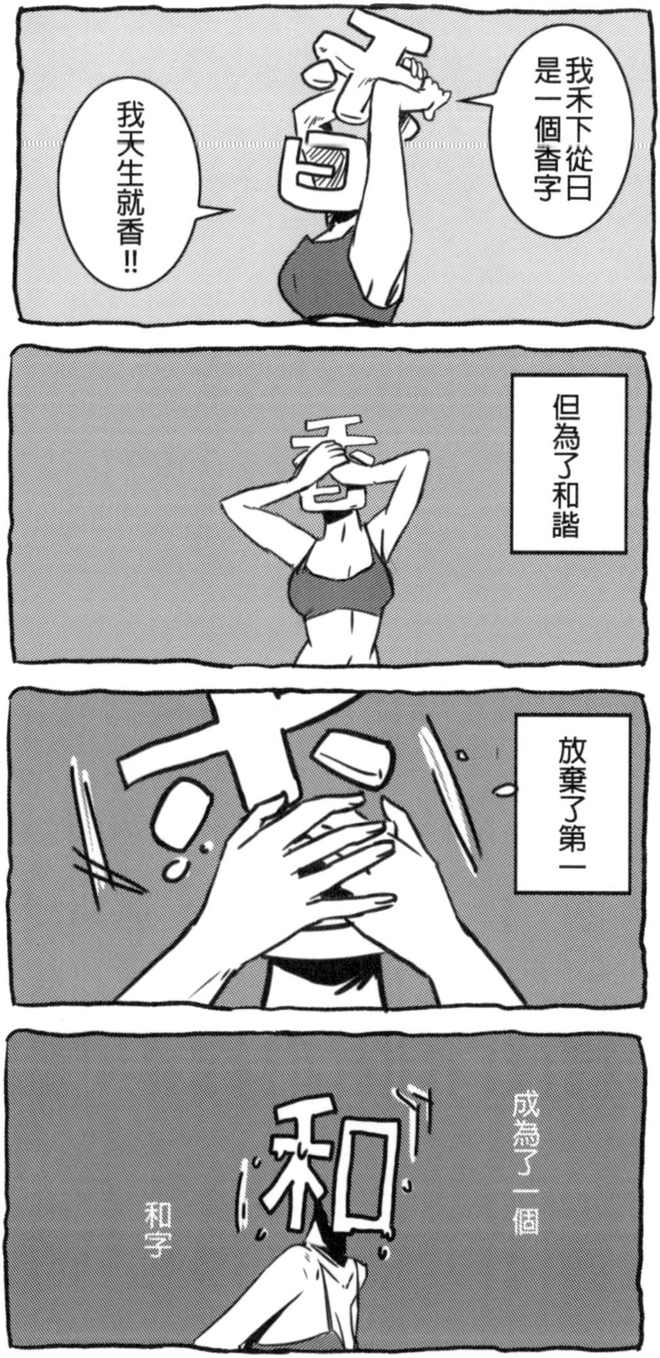

《玉篇．水部》：

「港，水派也。」

派者，支流也，

本義為與江河湖泊相通的小河道。

港

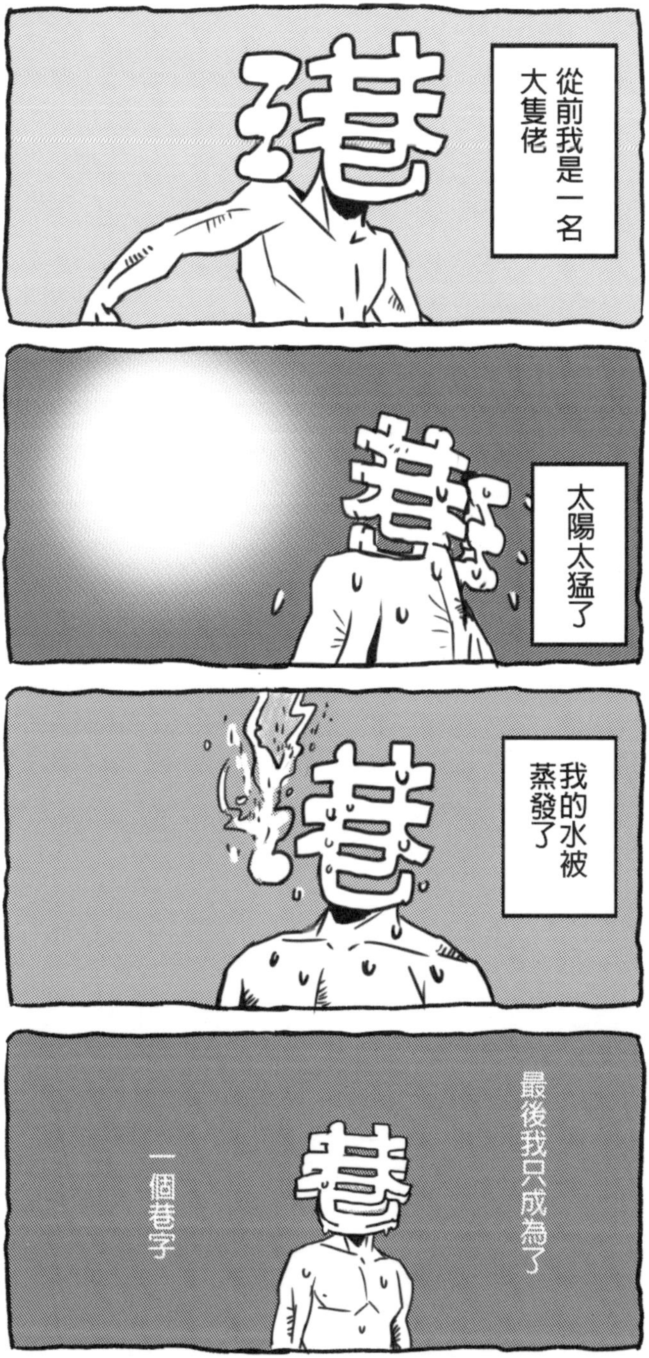
從前我是一名
大隻佬
太陽太猛了
我的水被
蒸發了
最後我只成為了
一個巷子

彩虹邨

我的名字

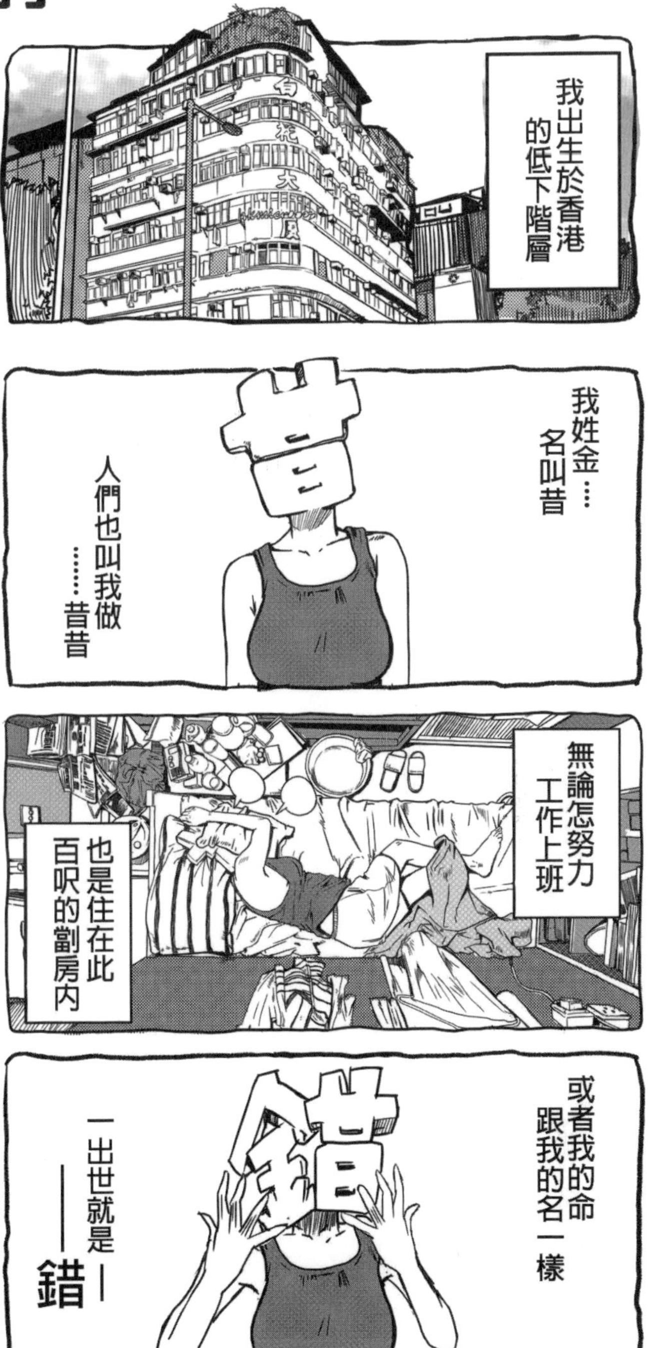
我出生於香港
的低下階層
我姓金……
名叫昔
人們也叫我做
……昔昔
無論怎努力
工作上班
也是住在此
百呎的劏房內
或者我的命
跟我的名一樣
一出世就是
——錯——

太子

快樂之道

我很喜歡去
那種港式舊茶樓
在這裡
我很快樂
時代變遷：人類
追求更好的生活
將舊的東西拆去
換上新的東西
這樣算是
快樂嗎？

小販

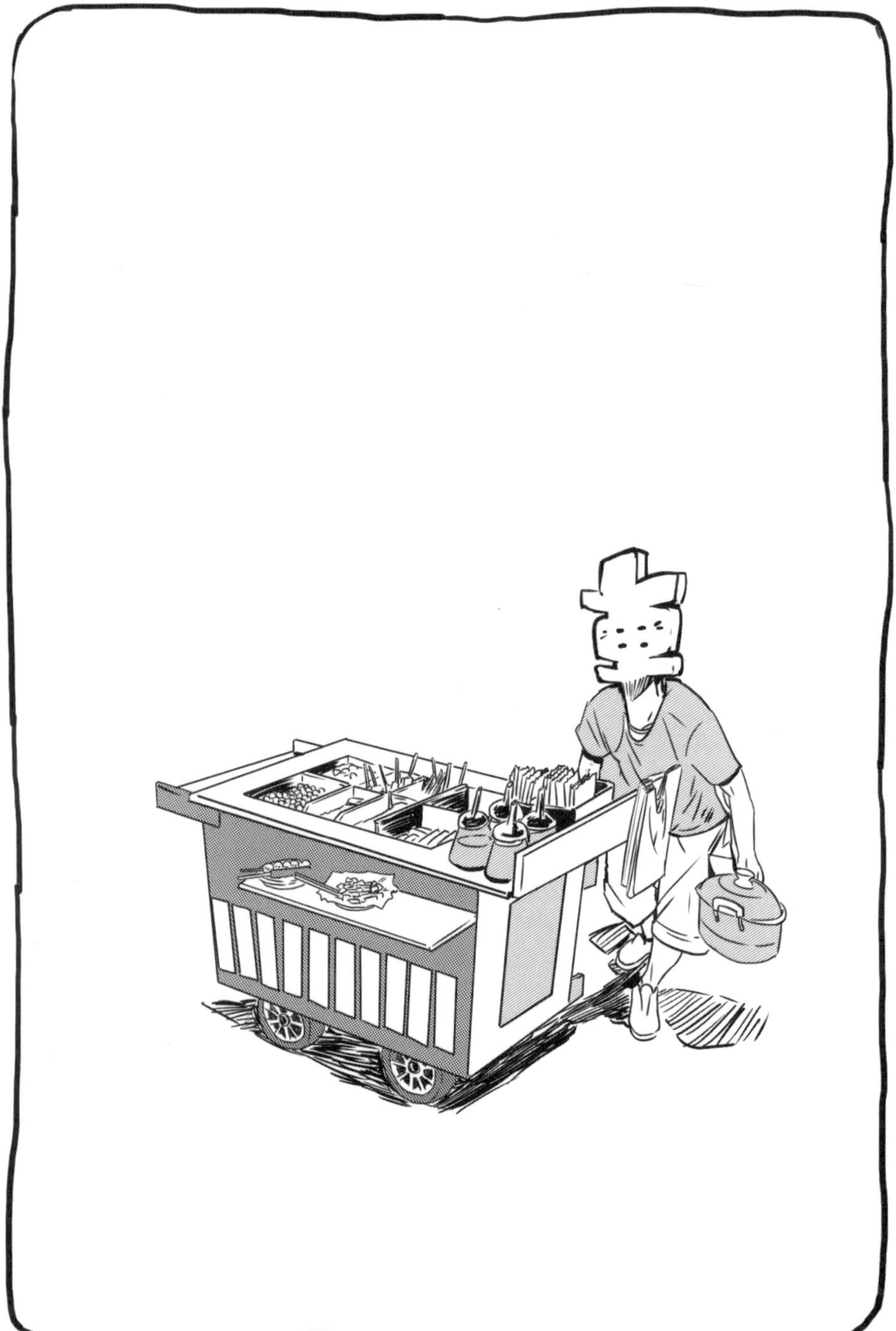

自由之門

我用了十五年
儲蓄到首期
成功買下了
百呎蝸居
搬出來自住
獲得自由了
然後……
我再用二十年
……再供它
這樣……
還算得到
自由嗎？

碌架床

目中無人/能

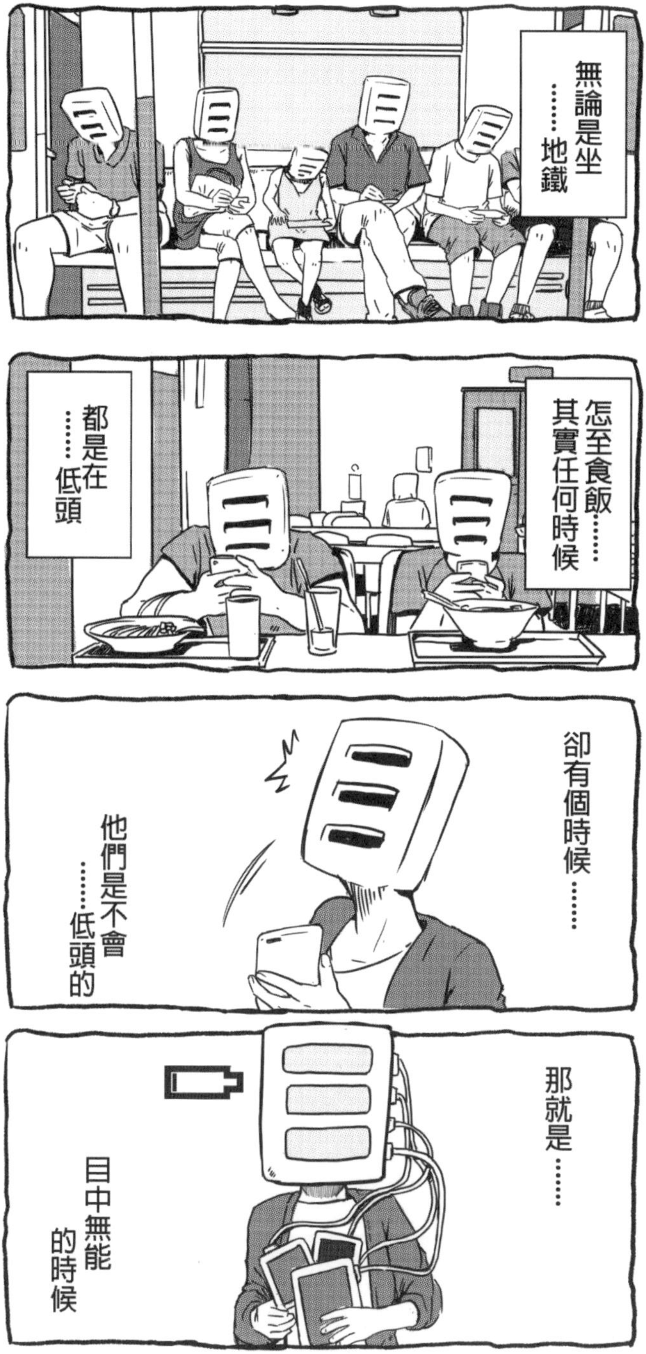

無論是坐
……地鐵
怎至食飯……
其實任何時候
都是在
……低頭
卻有個時候……
他們是不會
……低頭的
那就是……
目中無能
的時候

硺硺糖

見房化水

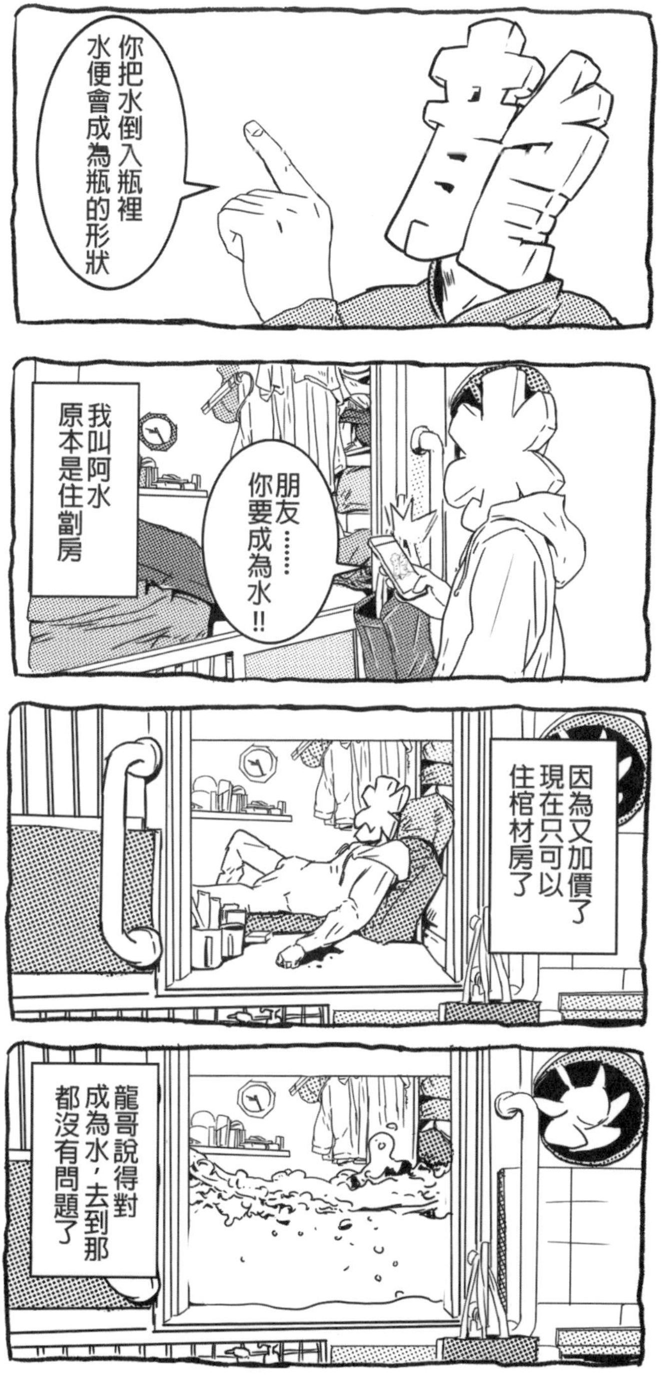
你把水倒入瓶裡
水便會成為瓶的形狀
朋友……
你要成為水!!
我叫阿水
原本是住劏房
因為又加價了
現在只可以
住棺材房了
龍哥說得對
成為水，去到那
都沒有問題了

鐘樓

化腐朽為…

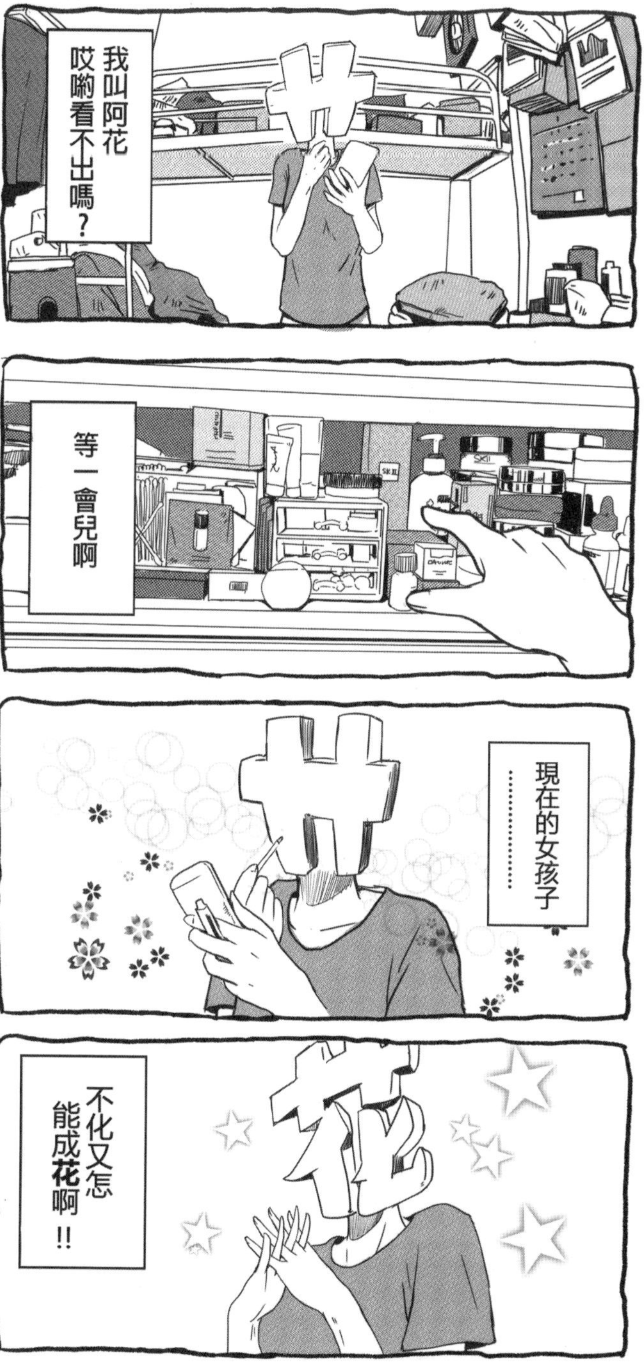
我叫阿花
哎喲看不出嗎？
等一會兒啊
現在的女孩子………
不化又怎
能成花啊!!

理髮店

懷才不遇

才華這東西
就像鋤大弟(大老二)
我的才華就像是
拿一手同花順(青龍)
可謂**天才橫溢**!!
不好意思
年青人
政策是這樣
階磚三出先!!
三一對
四一對
原來有才華
並不是贏定的

工廠

負‧責任

重大事件記者招待會
雖然今次事情嚴重……
本來我理應引咎辭職……
NTR
但因為我負‧責任所以我會留下！
如責任是可以用量計去量……
那我的一定是在負的位置
+
−

天星小輪

金童時間

這分鐘我在努力補習
16:00
這分鐘我在學習小提琴
18:00
這分鐘我在學習跳舞……
20:00
哈
何時才可以還我一個……**快樂童年！**
88:88

唐樓

可以HEA的話 不會鬱

向前郁動一下
再向下郁一下……
運動多一點
心情好一點
郁多一點……
我就可以……
保持郁字頭了
來跟我交換一下……

繁字—鬱
簡字—郁

維港

單身狗的詛咒

無間做

無間做_1

我迫港鐵勁憔悴
返工又勁頹廢

九點打卡勁冇謂

HONG KONG XXXXXXXX IDEXXX CAXX
RETURN XX
XX21 2511 XXXX
01-01-1993
XX GB
XX-XX-XX
其實我
我只係廿零歲

百幾個E MAIL要覆
客人實太衰

無間做_2

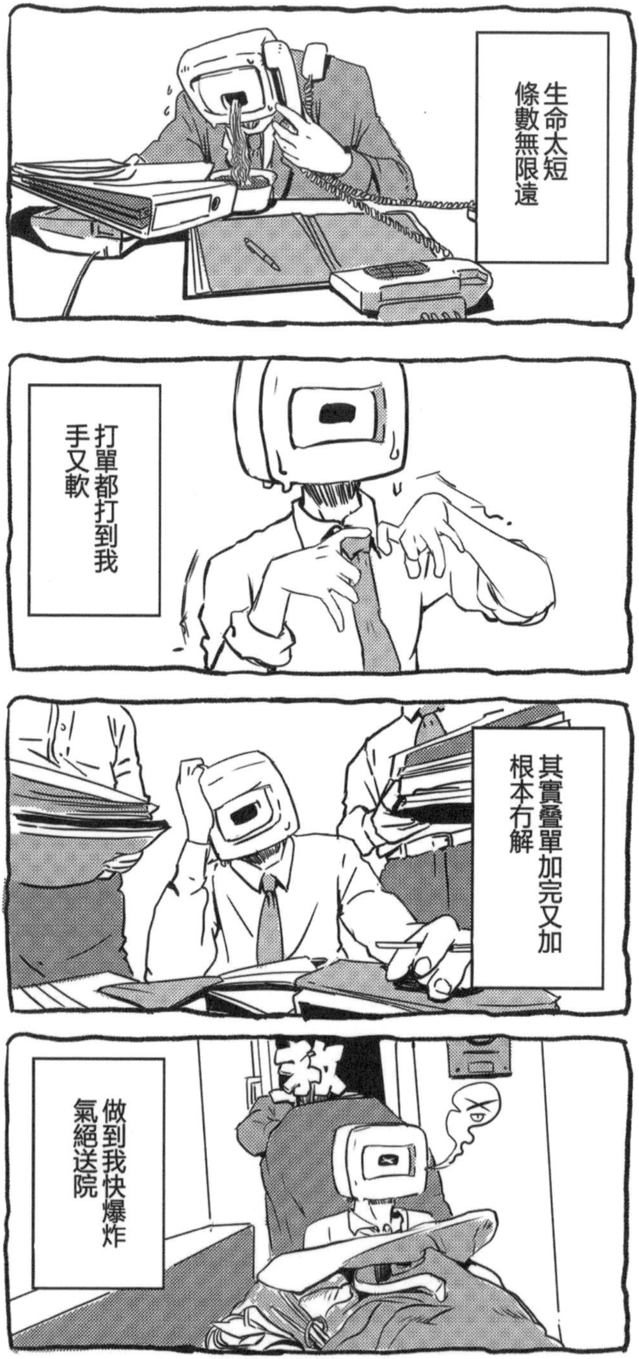
生命太短
條數無限遠
打單都打到我
手又軟
其實疊單加完又加
根本冇解
救
做到我快爆炸
氣絕送院

無間做_3

明明我已晝夜
無間返工好老土
睇漏個E MAIL
個客又黎投訴
明明我已奮力
無間O.T喪做
我不玩也想
早收到

無間做_4

金魚街

亡了忙不了

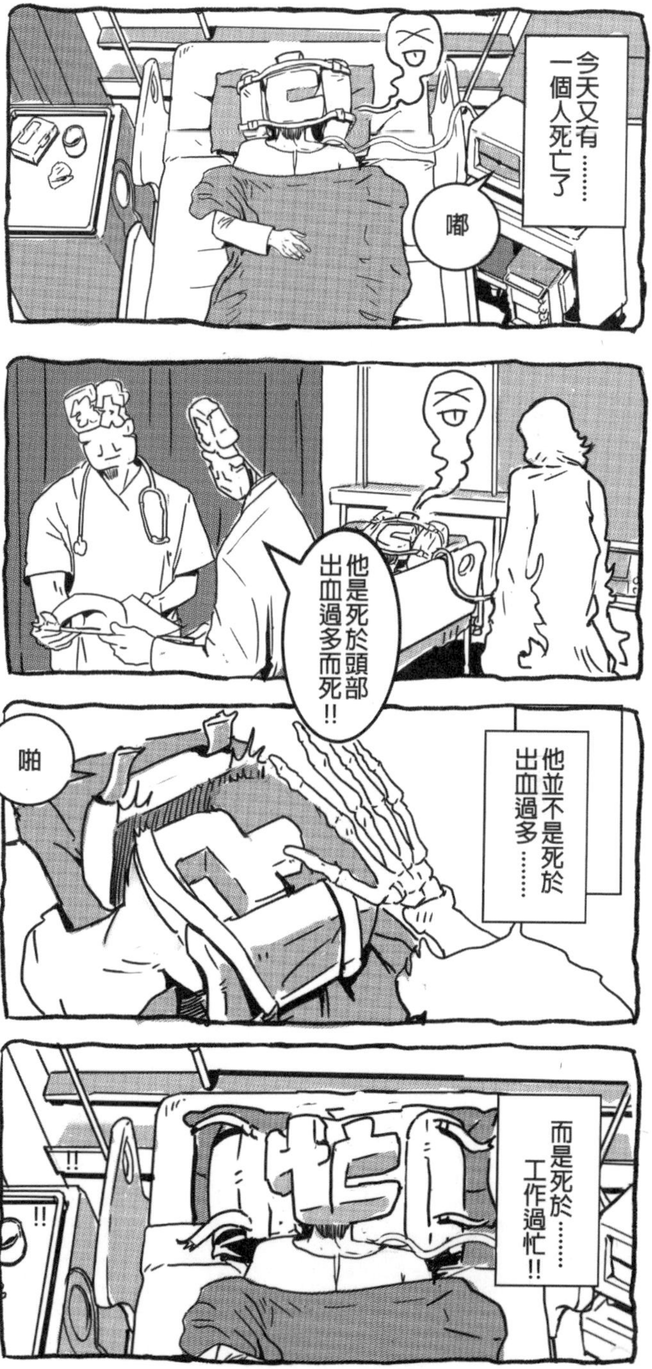
今天又有一個人死亡了……
嘟
他是死於頭部出血過多而死!!
啪
他並不是死於出血過多……
而是死於……工作過忙!!
!!
!!

公屋

搭肩光芒

我光明四射
是明日之星!!
可惜一次……
嗨
嗨
又一次……
搭我的肩……
令我由……
無限光芒……
變成了……
接迎死亡!!

鬼節期間
不能隨便勾肩搭背

南昌街

地獄米線

這是他生前最喜愛食……麻辣米線!!
這個燒紙米線希望他可以收到!!
他收到米線……
他吃完麻辣後卻由鬼……
好麻辣!!
進化成魔了!!

獅子山

牙籤筒

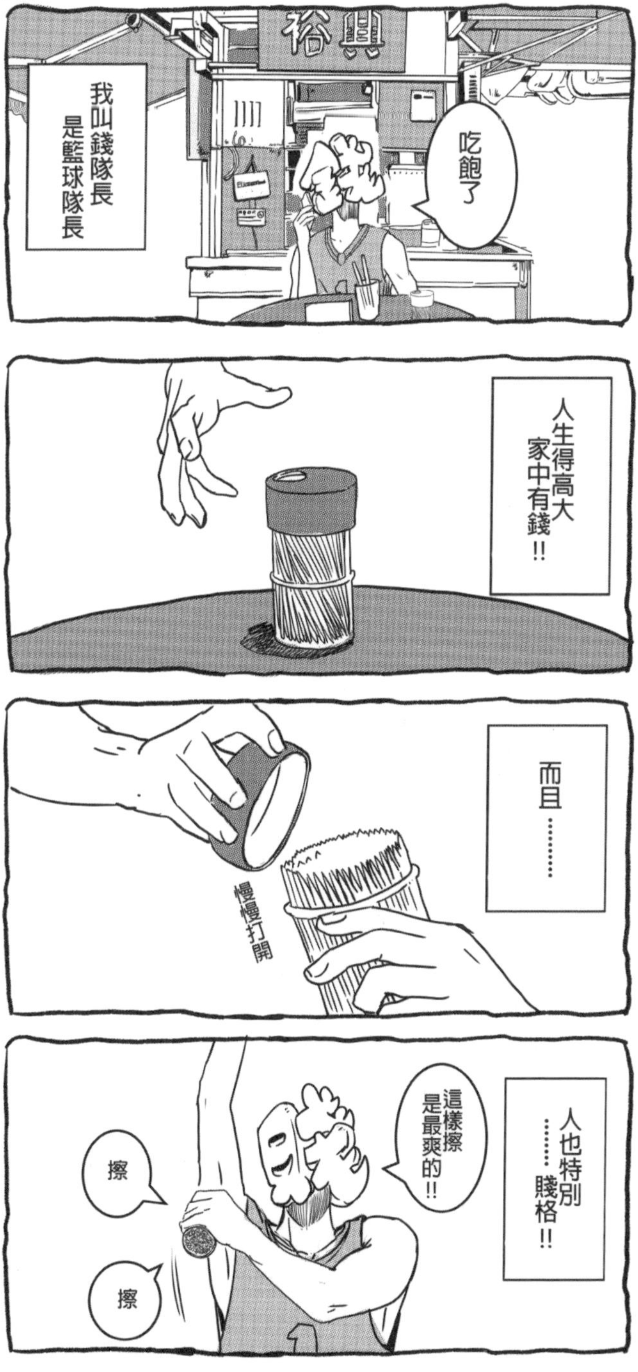
裕興
吃飽了
我叫錢隊長
是藍球隊長
人生得高大
家中有錢!!
而且………
慢慢打開
人也特別……賤格!!
這樣擦是最爽的!!
擦
擦

熱巴

我老爸

爸爸剛出差
到澳門工作
今天是我生日
老爸也寄信來!!
十萬
是十萬元啊
多謝老爸!!
十萬火急
快來救爸
人家的十萬元
跟我家的十萬
……

深水埗

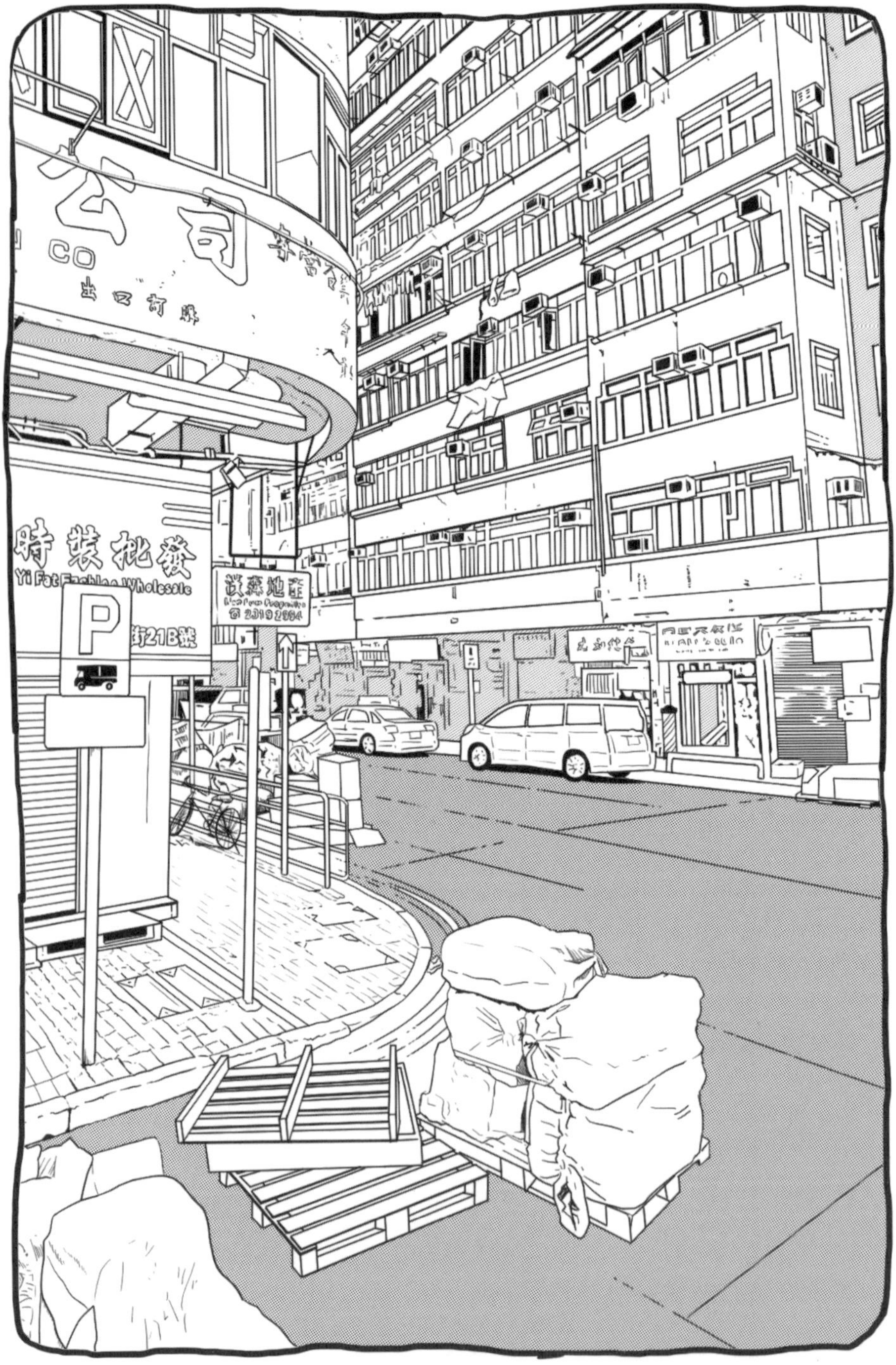

伸手良禽

阿良……
快來救我！
伸出手來
救你的人
鬆開
快伸手來！
不一定是
真心想救你
啊啊啊
啊啊……
他可能只是想……
看你死的樣子！
轟!!!

關帝廟

光輝歲月

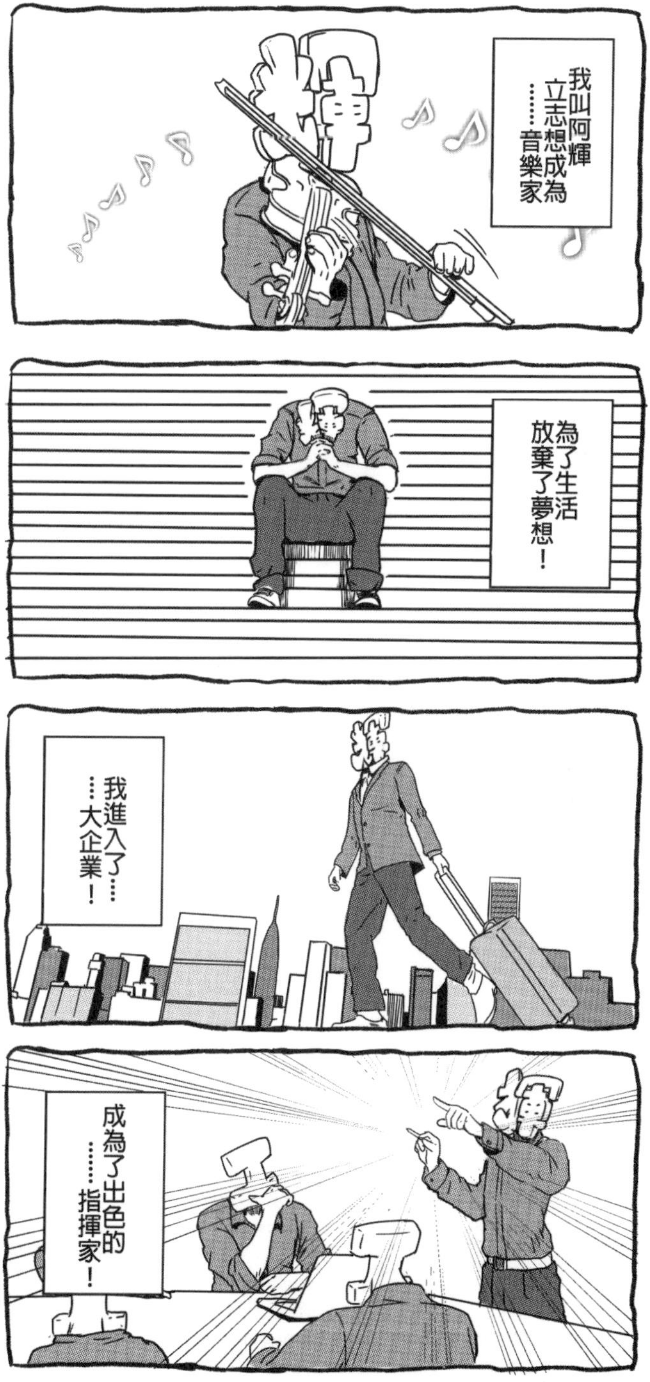
我叫阿輝
立志想成為
……音樂家
為了生活
放棄了夢想！
我進入了……
……大企業！
成為了出色的
……指揮家！

美都

奴心

我叫如心
為什麼颱風永遠在星期天才掛!!
為什麼沒有巴士又沒有火車……
此一刻我要……
我要步行上班去了
我由如心變成了奴心了

酒樓

梁山伯與竹英台

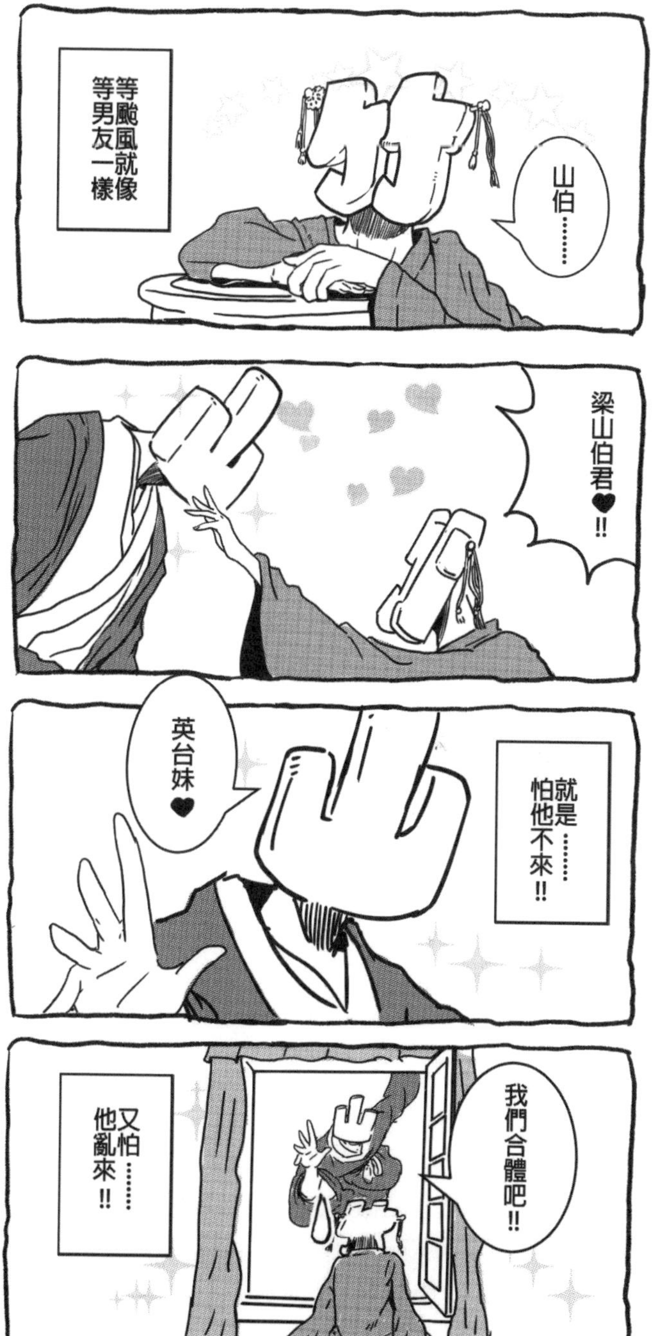

山伯……
等颱風就像等男友一樣
梁山伯君❤!!
就是……怕他不來!!
英台妹❤
我們合體吧!!
又怕……他亂來!!

皮羅油

工作細胞_1

今天身體各幹部
正在開會來
選出下界首領
來投票
選出新首領
心和肺也在我部門
沒有誰比我更要緊的!!
我出力最多
沒有我去工作
你們那有飯吃!!
我每天承受
的壓力可不少啊!!

文化中心

工作細胞_2

腦就在我部門我來當老人是理所當然吧!!
肛門跟尿道也在我部門……
如果不選我做老大我就叫他們罷工!!
手振腳振!!
不要啊!!
好辛苦啊!!
從此……肛門跟他部門長成為新的老大了!!
也有些人說男人是用下半身來想東西的!!

皇后碼頭

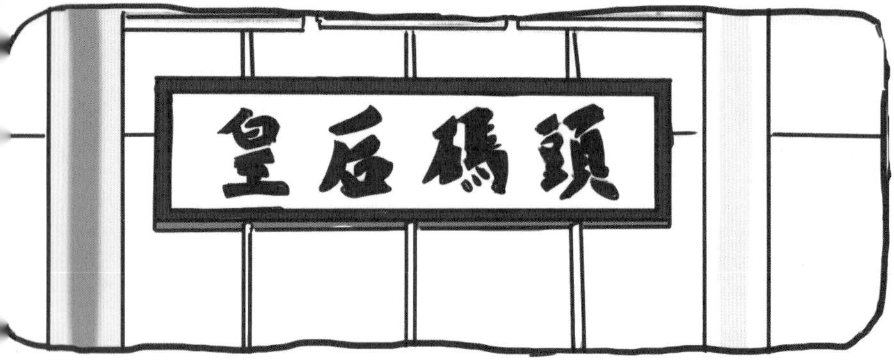

木也遁了

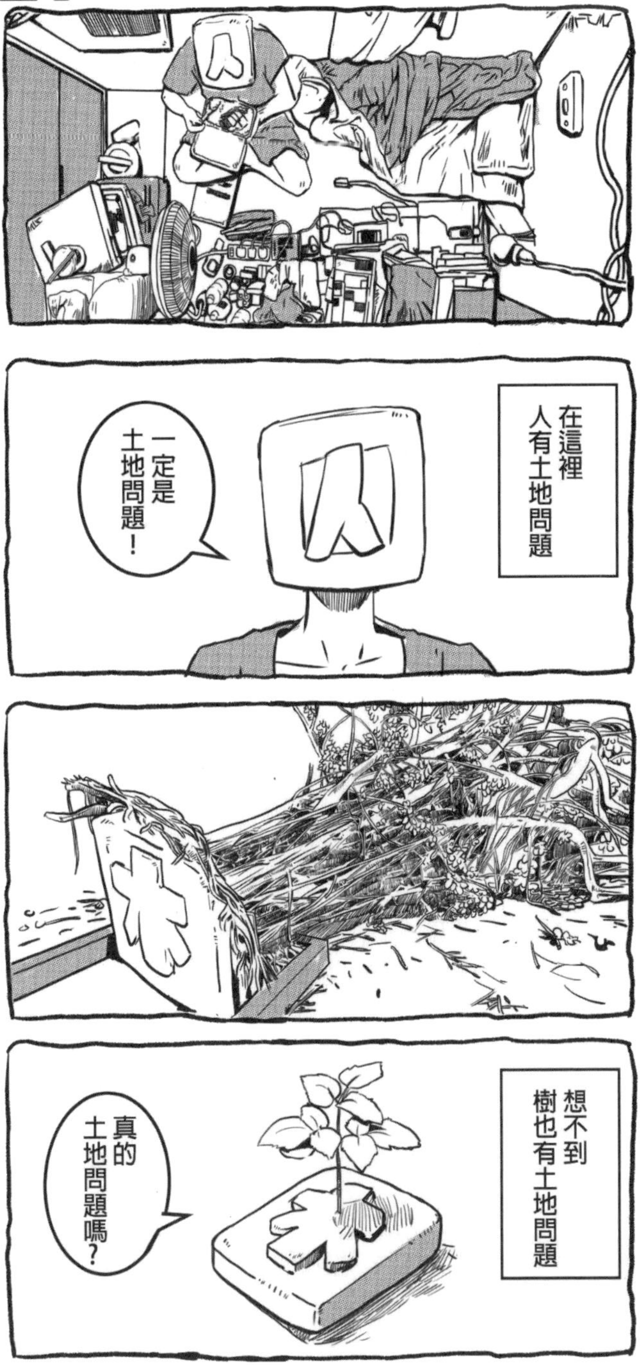
在這裡人有土地問題
一定是土地問題！
想不到樹也有土地問題
真的土地問題嗎？

巴士站

KMB
102
102P
112
113
118P
171
904
905
H113
M122
H171
巴士站
巴士站
BUS STOP

見冰化水

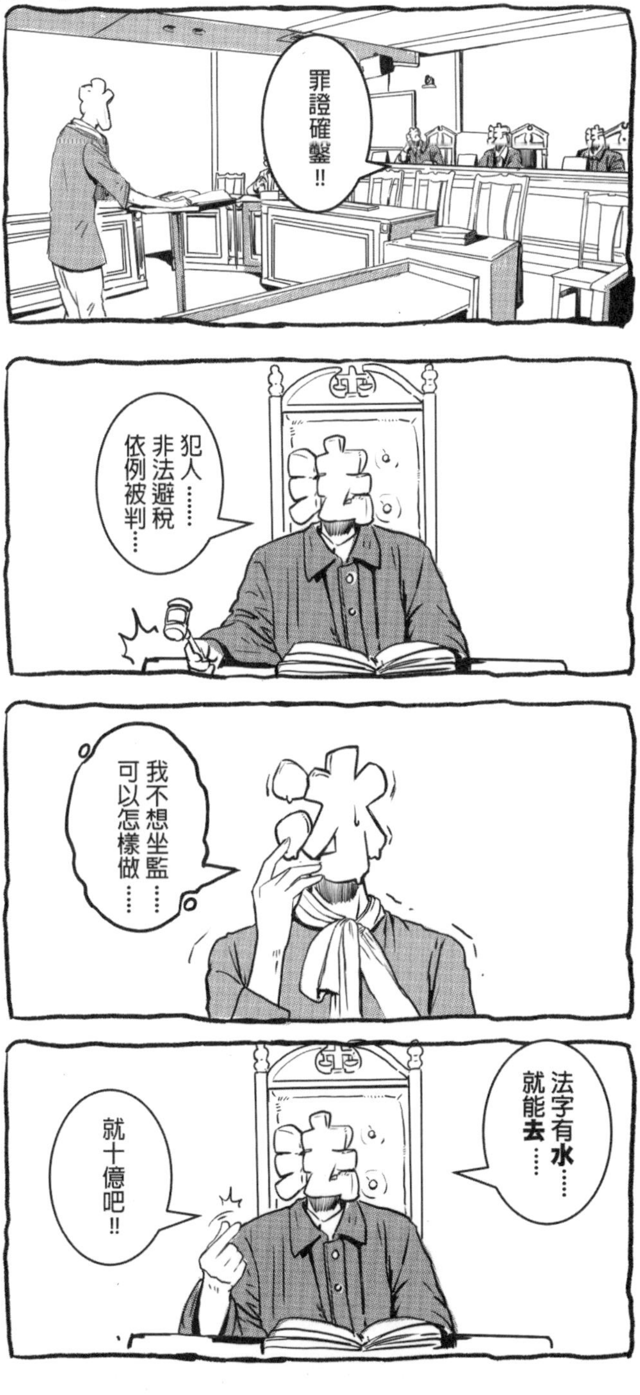

罪證確鑿!!
犯人……非法避稅依例被判……
我不想坐監……可以怎樣做……
法字有水……就能去……
就十億吧!!

地鐵站

打風後的香港

返工
返工
返工
究竟這裡是
返工
返工
返工
是地鐵……
返工
返工
返工
返工
返工
返工
抑或是……
返工
返工
返工
返工
……
是地獄!!
為什麼我怎樣都走不出去!!

主教山

婆婆的話

這是小時候
婆婆跟我說的話
乖孫要記住……
我們的田可以賣……
孫
………
孫
我們的地可以賣
怎至祖屋也可以賣
給他人…………
但聲音就不可以
賣給他人!!
現在我長大了
才明白
婆婆的意思

執子之手

中秋美美中秋

漫無目的

這段時間我一直在想……
漫畫究竟是什麼?!
漫畫的漫字並不是指……
噢
噢
漫步，漫長
漫不經心
漫畫的漫字
マン まん……
是指……
「任意地，異想天開」
但如果創作一直受制肘
這還算是漫畫嗎？

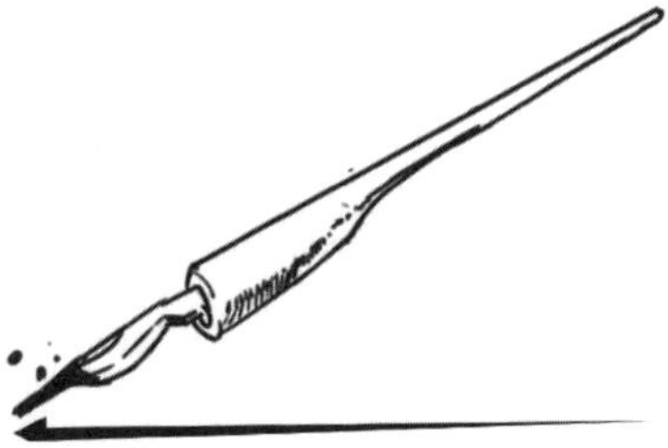

我是廢青

編繪：130131134

我是廢青

我是廢青

編繪：13013134

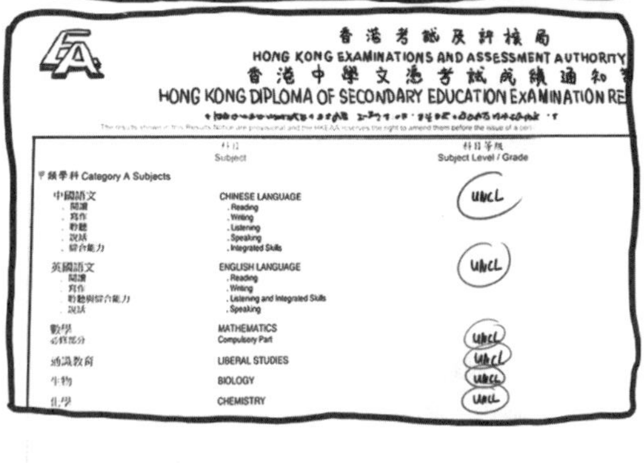

啊呀啊呀!!我眞是好廢!!
阿廢的成績全是零!!
我本來的志願，本來不是做醫生或是做律師！
生
師
那麼……
我究竟還可以做什麼?!

我是廢青

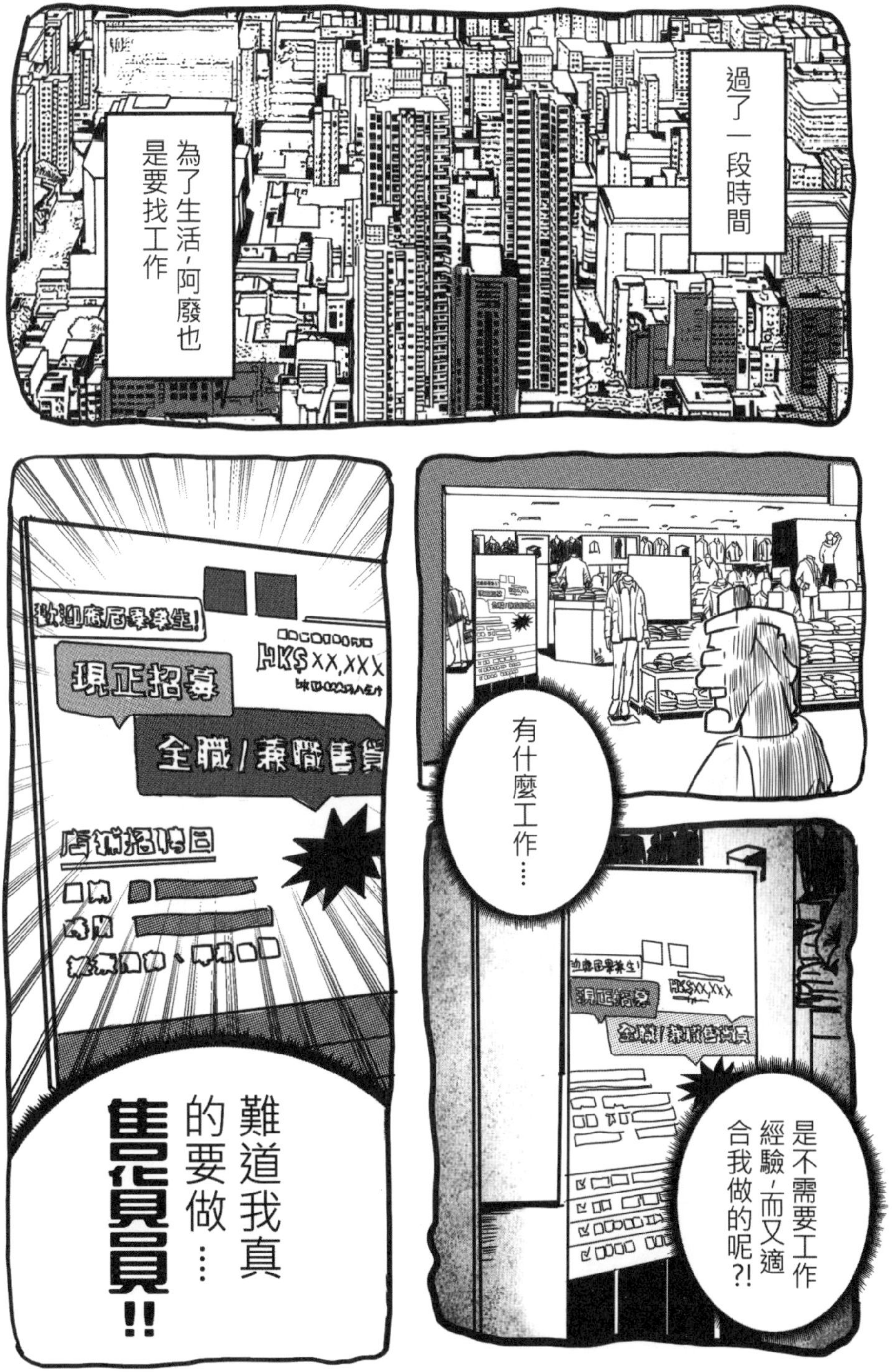
過了一段時間
為了生活，阿廢也是要找工作
有什麼工作……
是不需要工作經驗，而又適合我做的呢?!
現正招募
全職/兼職售貨
HK$XX,XXX
難道我真的要做……
售貨員!!

最後……
我成為了一名
毫無前途的售貨員
呀
請問？
哎……

我是廢青

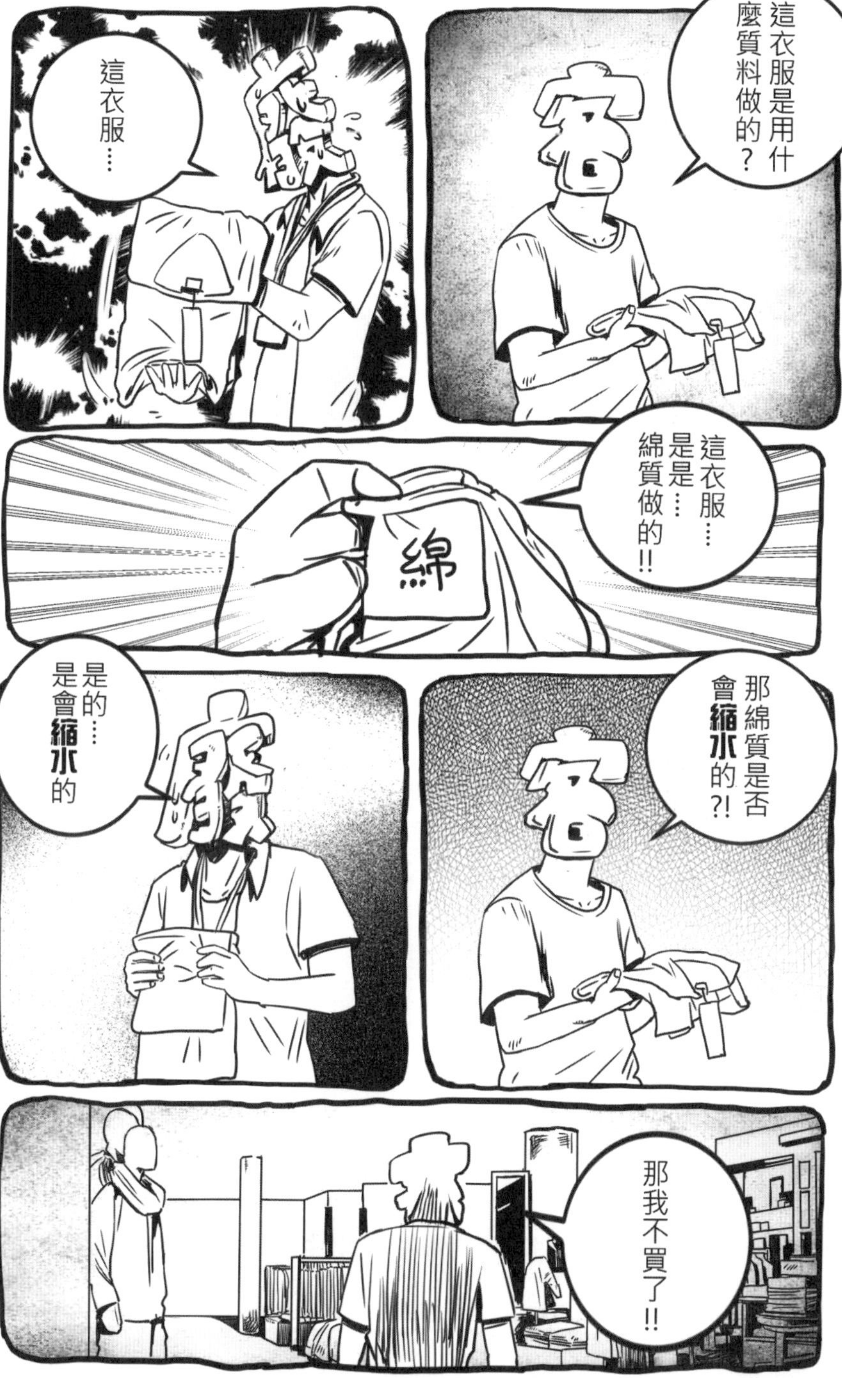
這衣服是用什麼質料做的？
這衣服……
這衣服……是是……綿質做的!!
綿
那綿質是否會縮水的?!
是的……是會縮水的
那我不買了!!

再見!!
!!
是的店長!!
新仔…你過一過來
新仔…其實你為什麼要當售貨員？

我是廢青

我是來當售貨員!!
但我不想說謊來騙人啊!!
沒有人叫你說謊!!
作為一個售貨員……
應該要知道他的產品的好處和壞處
綿質的衣服特點，除了會縮水的缺點外…
其實它還有什麼特點？

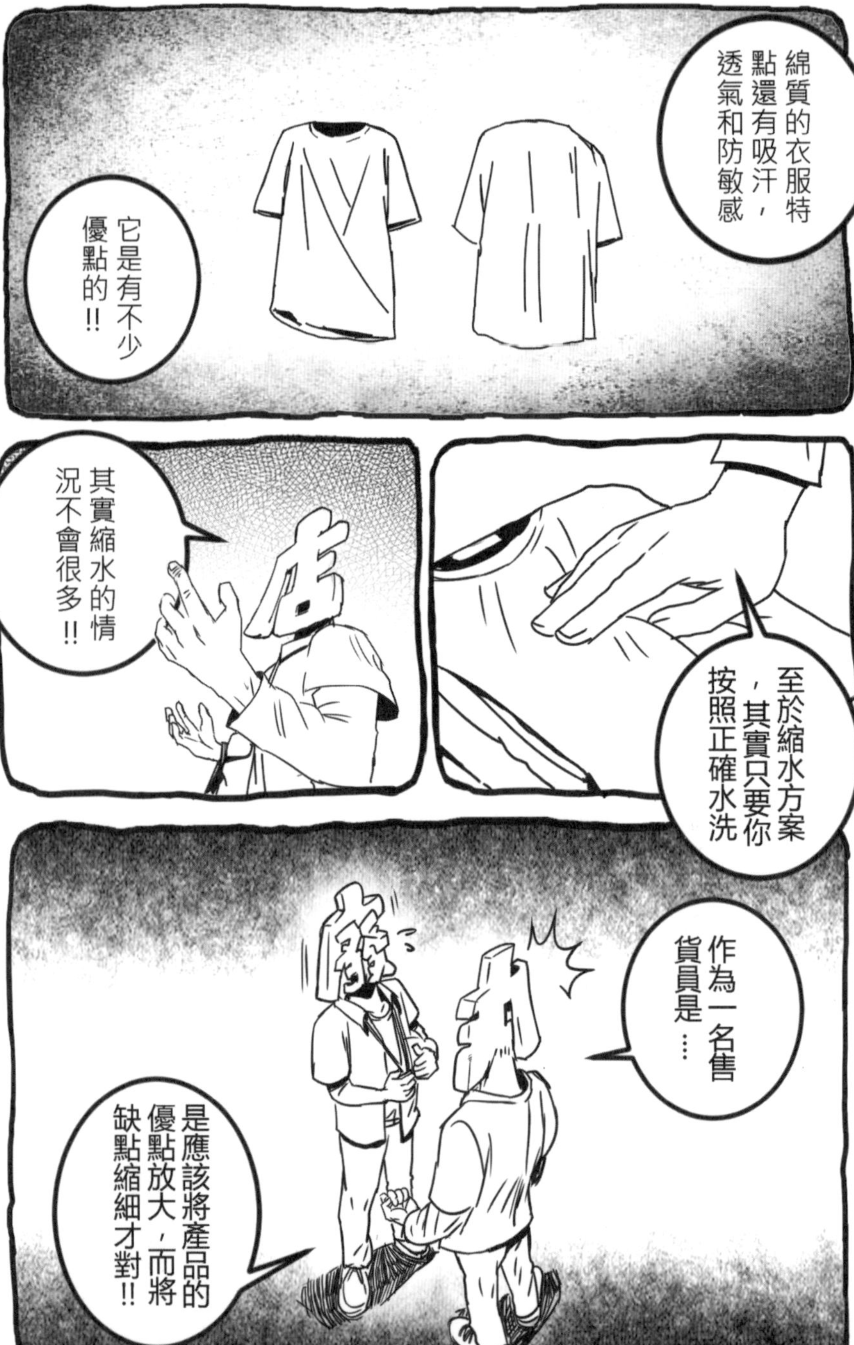
綿質的衣服特點還有吸汗，透氣和防敏感
它是有不少優點的!!
其實縮水的情況不會很多!!
至於縮水方案，其實只要你按照正確水洗
作為一名售貨員是……
是應該將產品的優點放大，而將缺點縮細才對!!

我是廢青

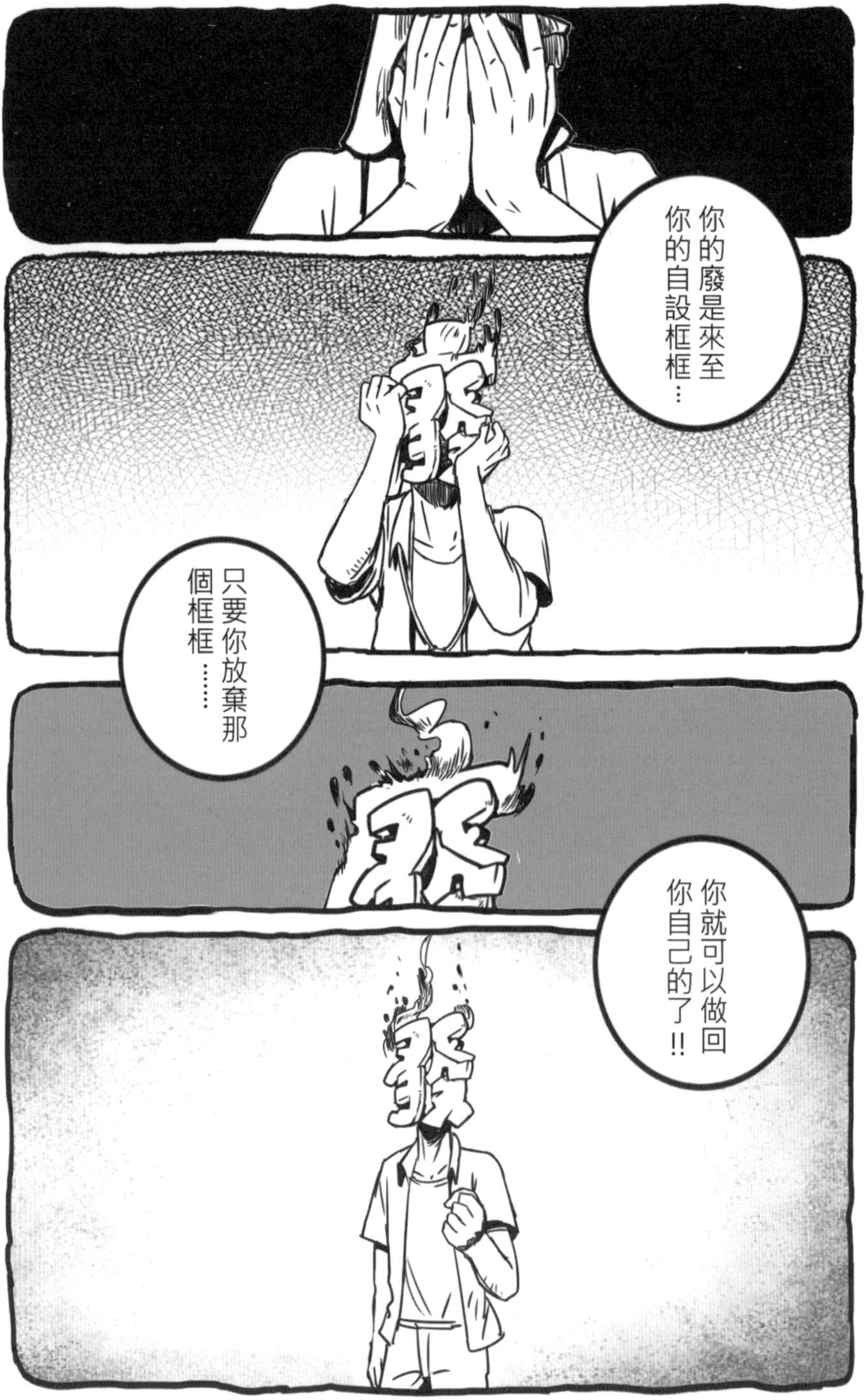
你的廢是來至你的自設框框…
只要你放棄那個框框……
你就可以做回你自己的了!!

傳送門

編繪：130131134

在未來

傳送門

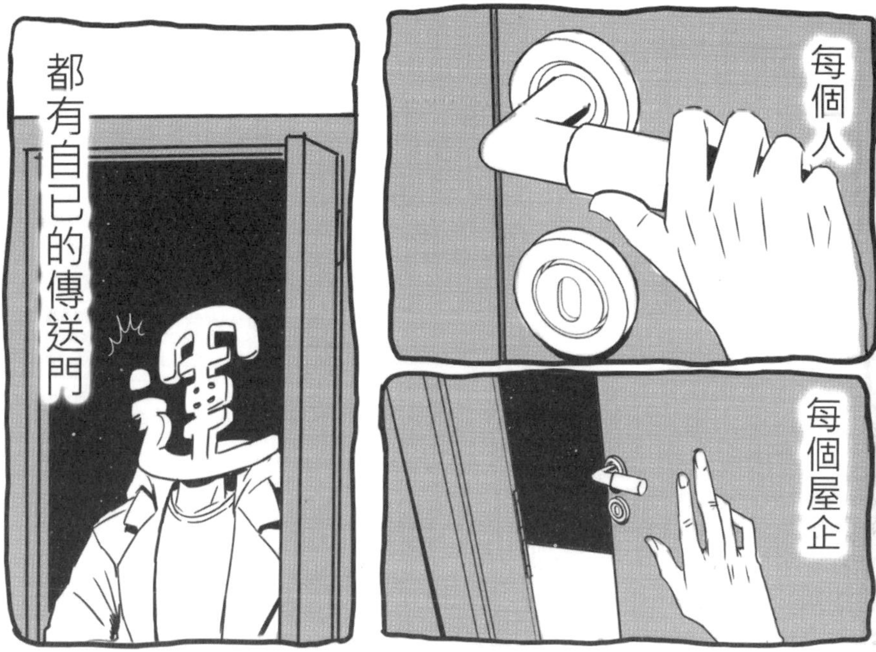
每個人
每個屋企
都有自己的傳送門
運

傳送門

編繪：13013134

因此，每個人都可以無時無刻，隨時隨地可以去他想去的地方！
啊

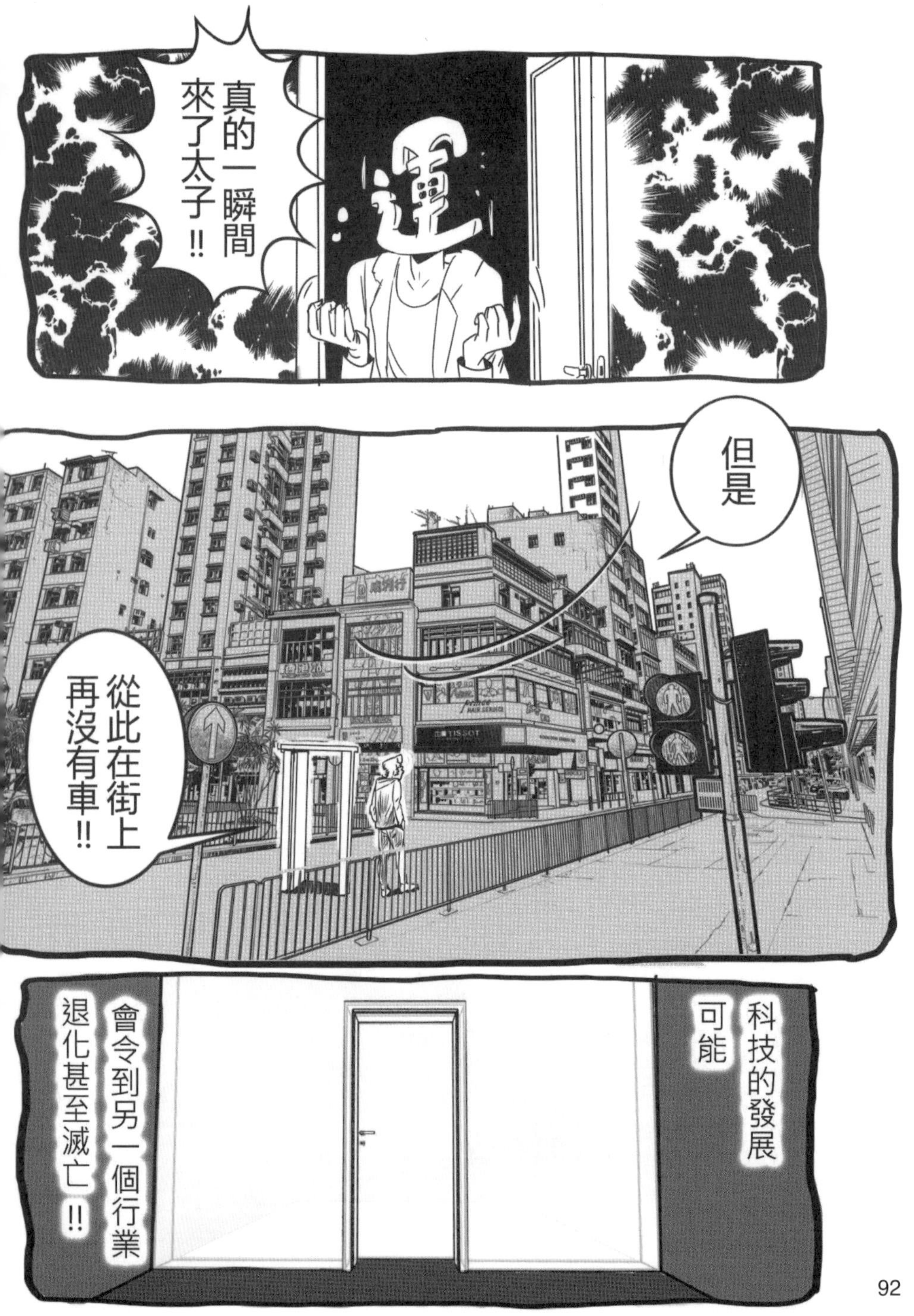
真的一瞬間
來了太子!!
但是
從此在街上
再沒有車!!
科技的發展
可能
會令到另一個行業
退化甚至滅亡!!

傳送門

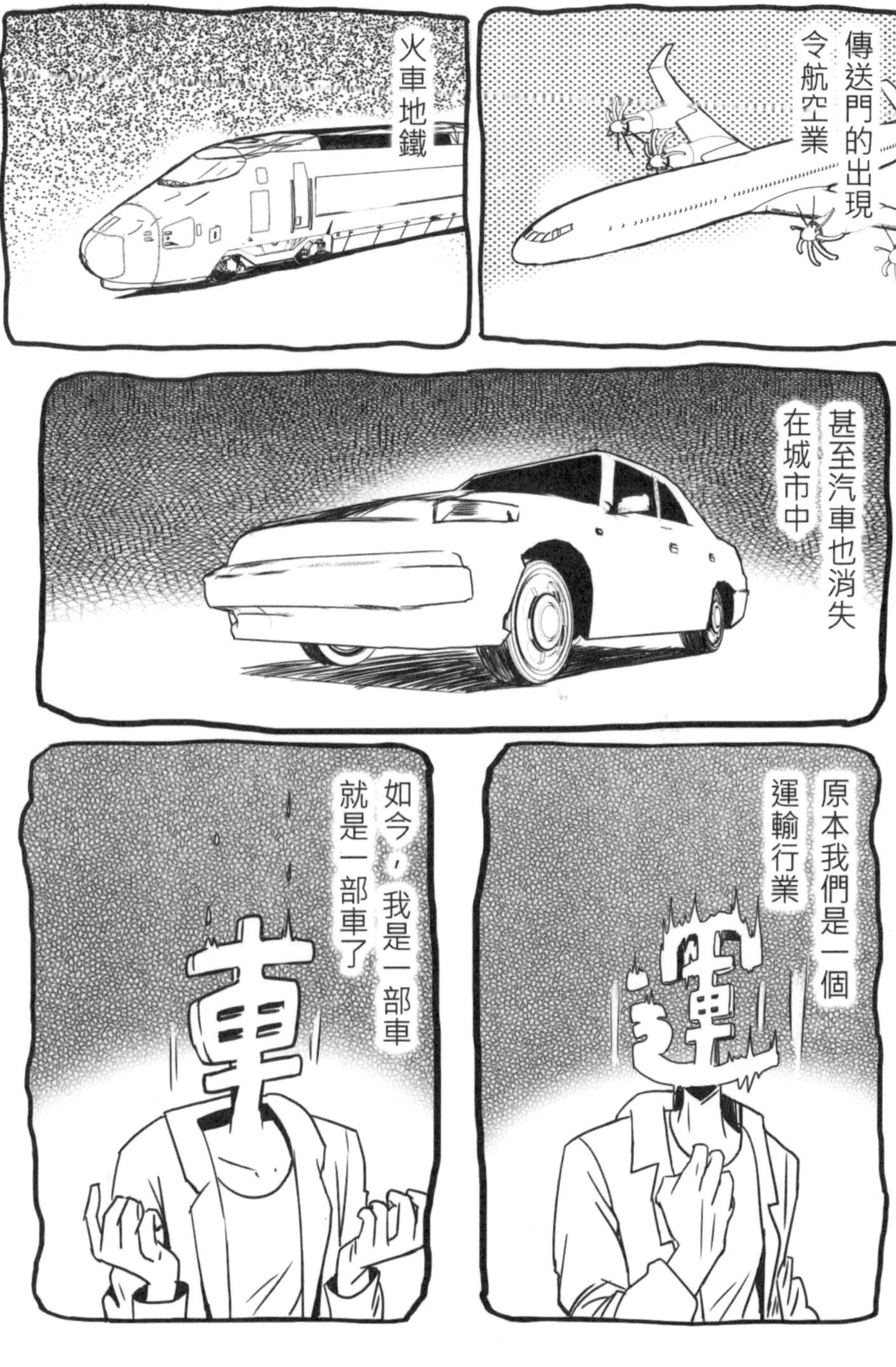

傳送門的出現
令航空業
火車地鐵
甚至汽車也消失
在城市中
原本我們是一個
運輸行業
運
如今，我是一部車
就是一部車了
車

嗚嗚嗚嗚嗚嗚
什麼?!竟然還有車!!
車
是一架懷舊名車!!
雖然運輸行業已經沒落
仍然有少量汽車在街上
但他們的目的
並不再是代步功能

傳送門

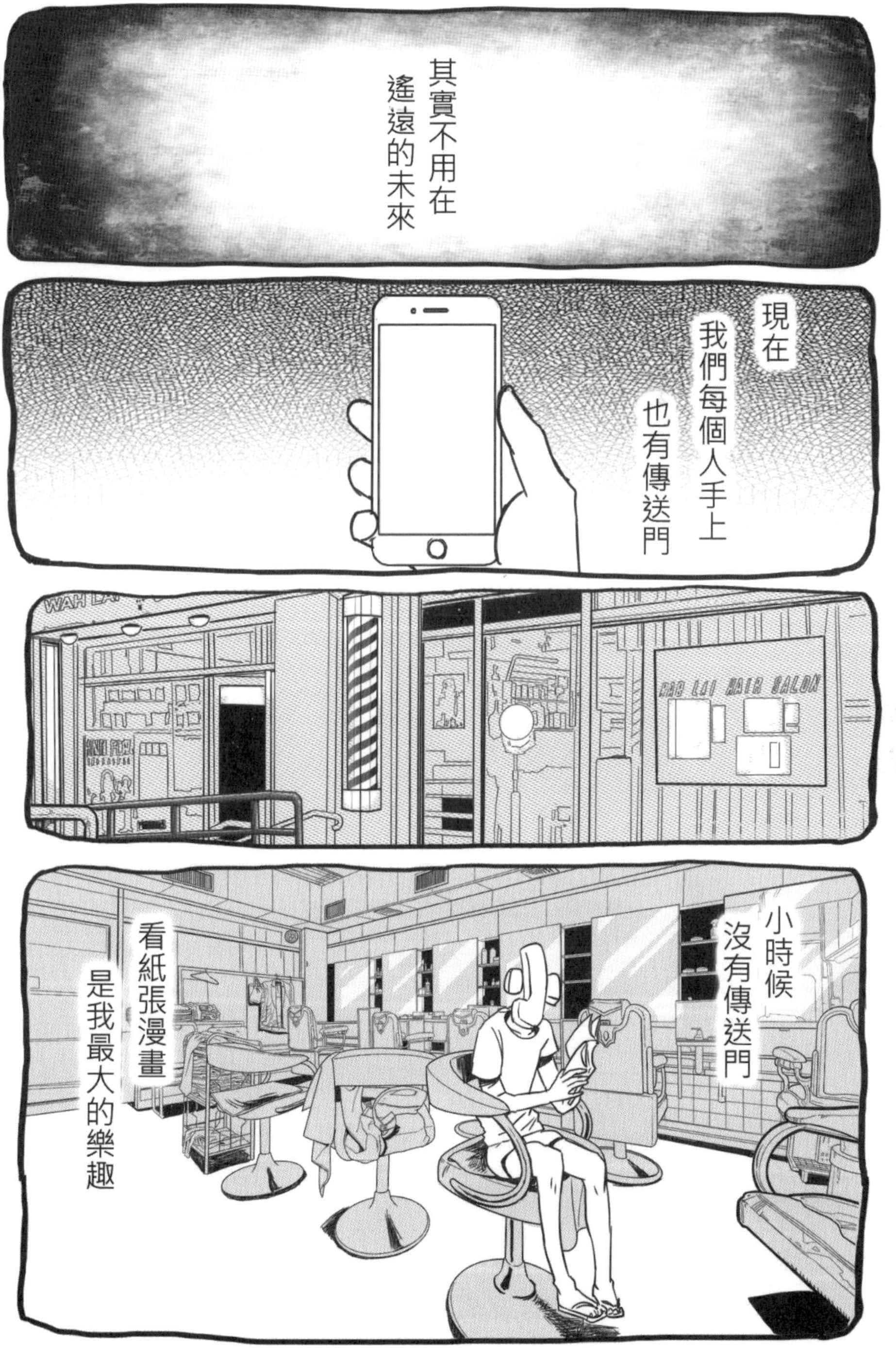
其實不用在
遙遠的未來
現在
我們每個人手上
也有傳送門
小時候
沒有傳送門
看紙張漫畫
是我最大的樂趣

那時候
漫畫開闊了
我的眼界
也增進了
不少世界觀
但現在傳送門
已經可以將我們傳送到
世界不同的地方
那麼實體漫畫
還可以怎樣走下去
會變成懷舊車嗎?!

第一次殺人

編繪：13013134

香港是全世界最擠擁的城市

有很多人也是
住在劏房內
我叫金昔
人們叫我昔昔

第一次殺人

編繪：13013134

沒有男朋友
樣子平庸
自信心極低
咕
咕
住在劏房內

自我中學畢業
我每份工作，
也不可以維持
多過一星期
郁
咕
咕
我的人生可以
說是……
失敗人生

第一次殺人

照鏡!
這才是我真正的面孔!!
難道我天生就是錯!!
一個金字加一個昔字就是一個錯字
错错錯錯
錯错錯
錯错错錯

不過今天我的人生
來了一次**轉捩點**
撕
招
殺手一名
黃生 請電：548712
停
呀

第一次殺人

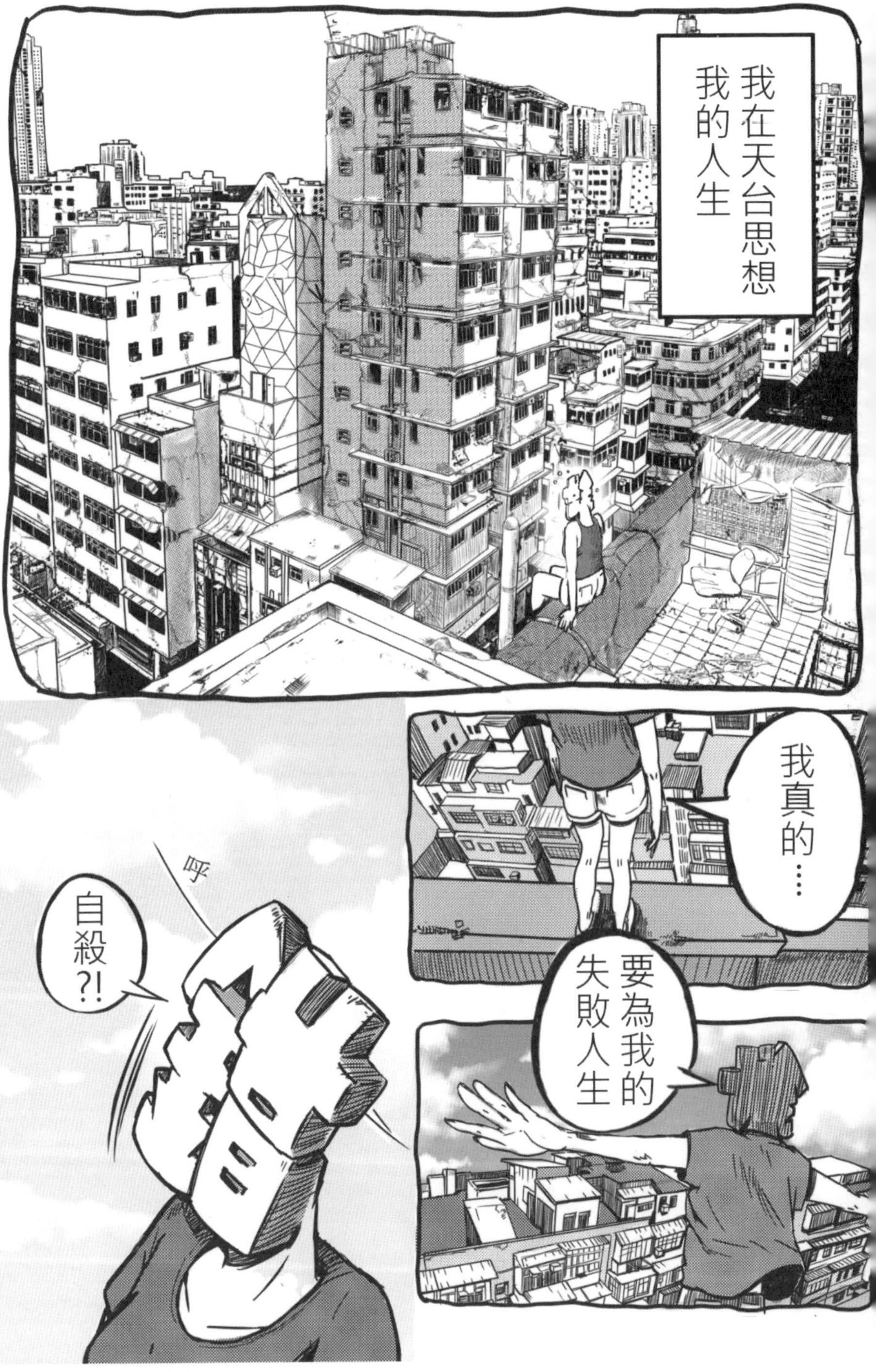

我在天台思想
我的人生
我真的……
要為我的失敗人生
呼
自殺?!

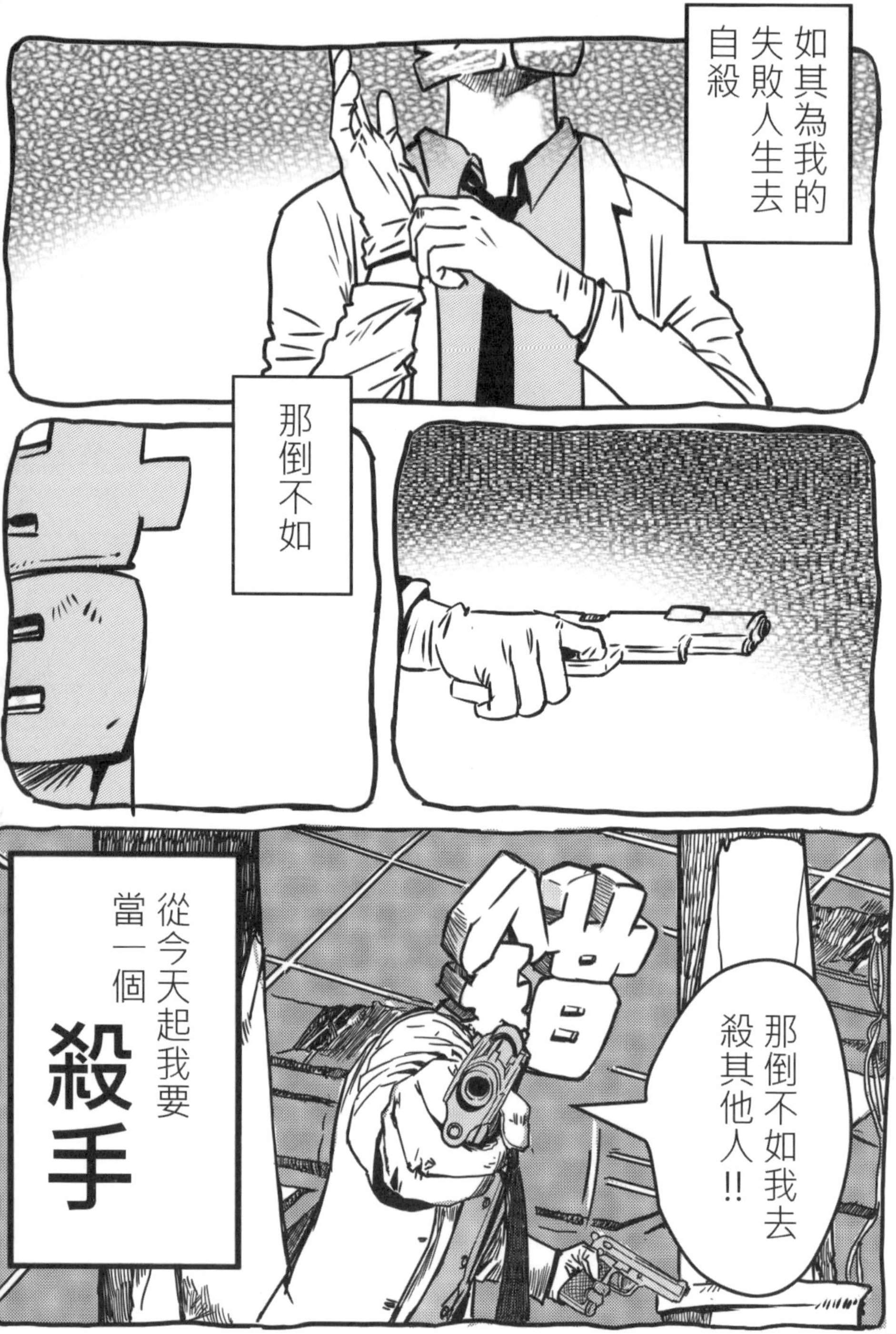
如其為我的失敗人生去自殺
那倒不如
那倒不如我去殺其他人!!
從今天起我要當一個殺手

第一次殺人

今天安排了我人生的第一次殺人練習
勒
勒
用繩殺人
勒
勒
不行，我根本不夠力
用毒殺人
滴
滴
不行，對方不識我，怎會飲!!
用刀殺人
呀
不行，血會濺到，容易發現!!
用鎗殺人
嘭
嘭
嘭
不行，我不懂開鎗!!

什麼也不行，
難道我真的是
一事無成那麼
失敗
!!
目標人物
今天要執行
任務嗎?!

第一次殺人

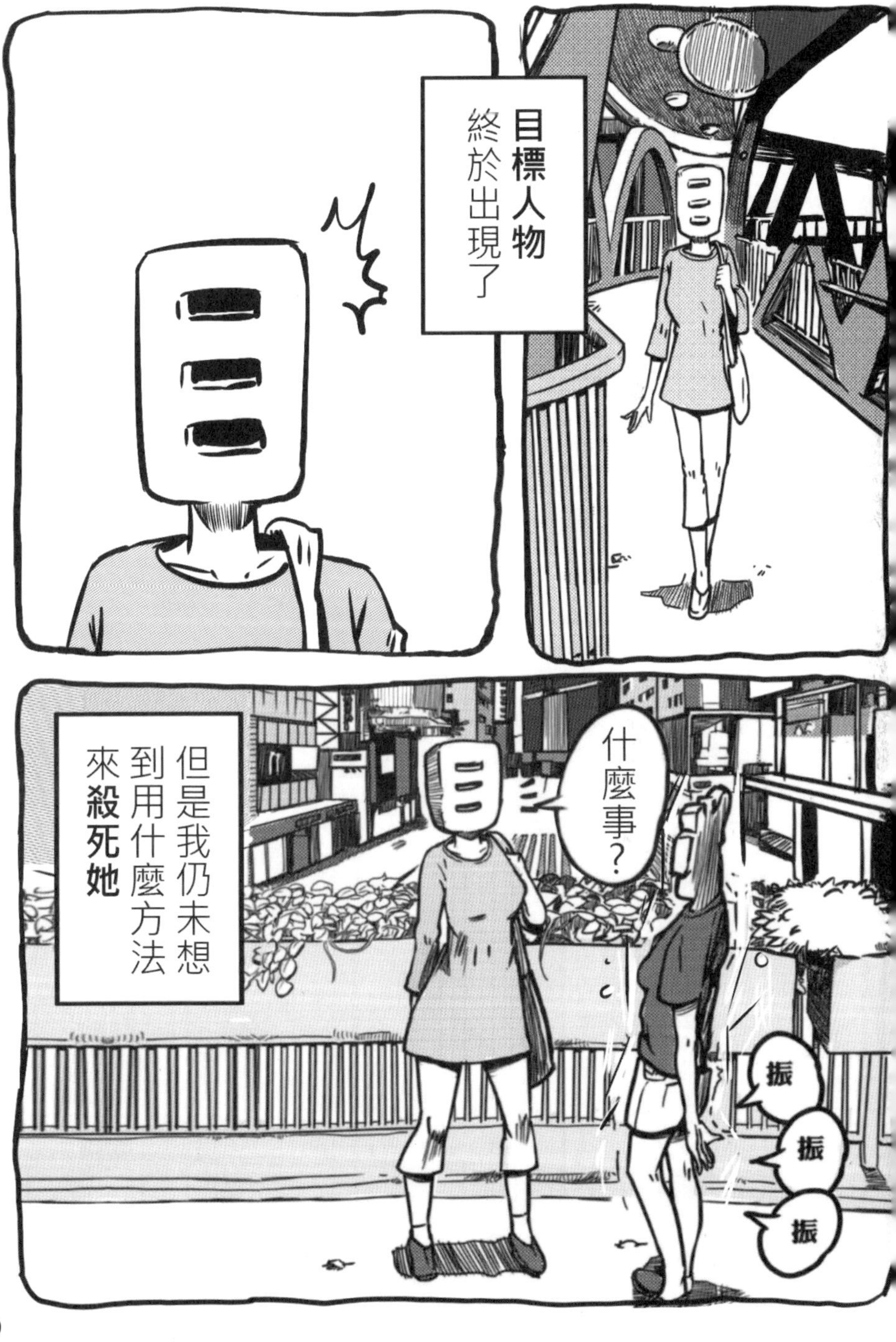
目標人物終於出現了
但是我仍未想到用什麼方法來殺死她
什麼事？
振
振
振

沒什麼
神經病!!
怎麼辦，怎麼辦
如果被她走了
不知道仍有沒
有下次機會
我要向我的失敗人生
說再見
我要做出我的第一次

第一次殺人

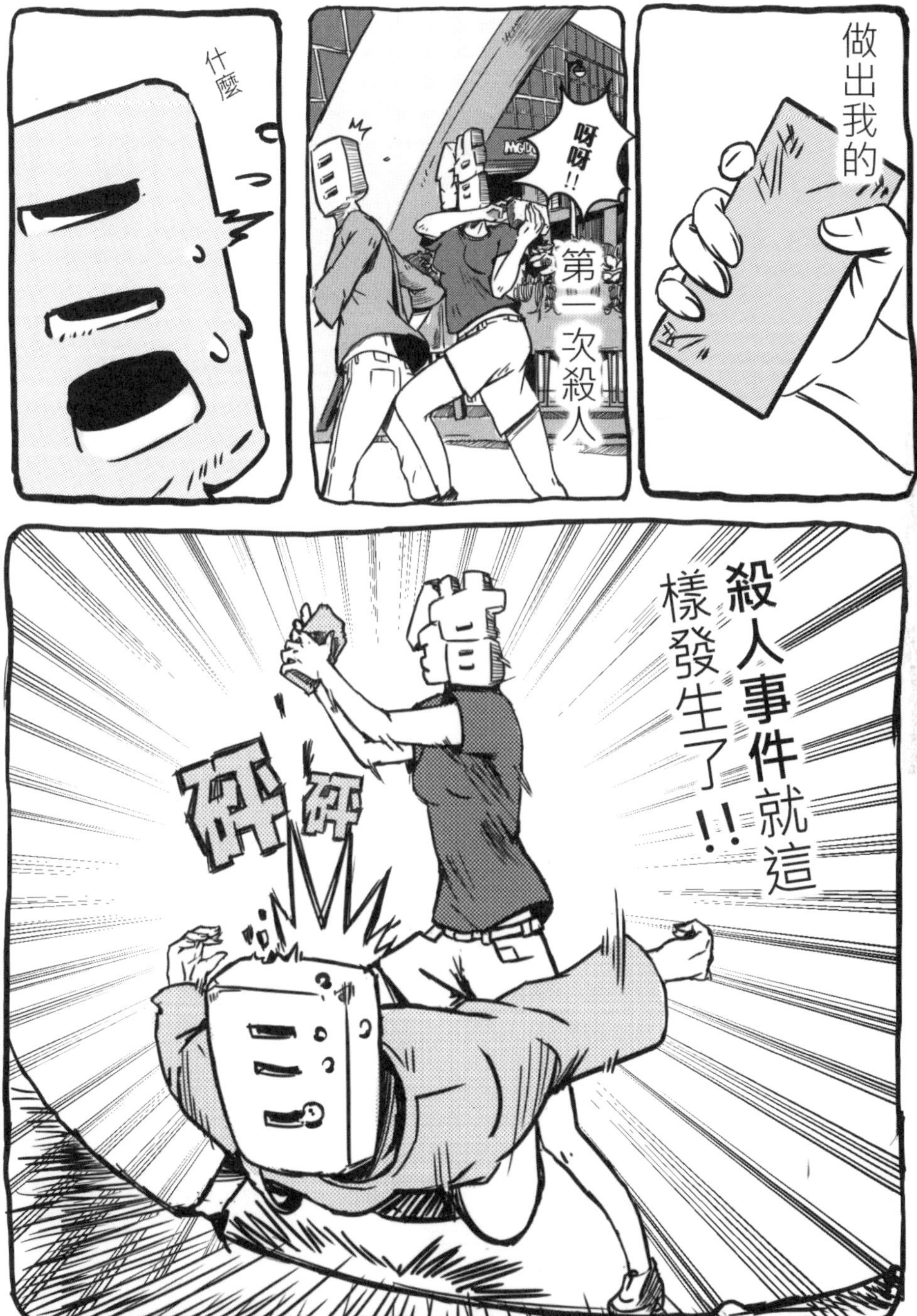
做出我的
呀呀!!
第一次殺人
什麼
殺人事件就這樣發生了!!
砰砰

救命
救命
成⋯
成功了
我終於可以做到了
救命
殺人呀

第一次殺人

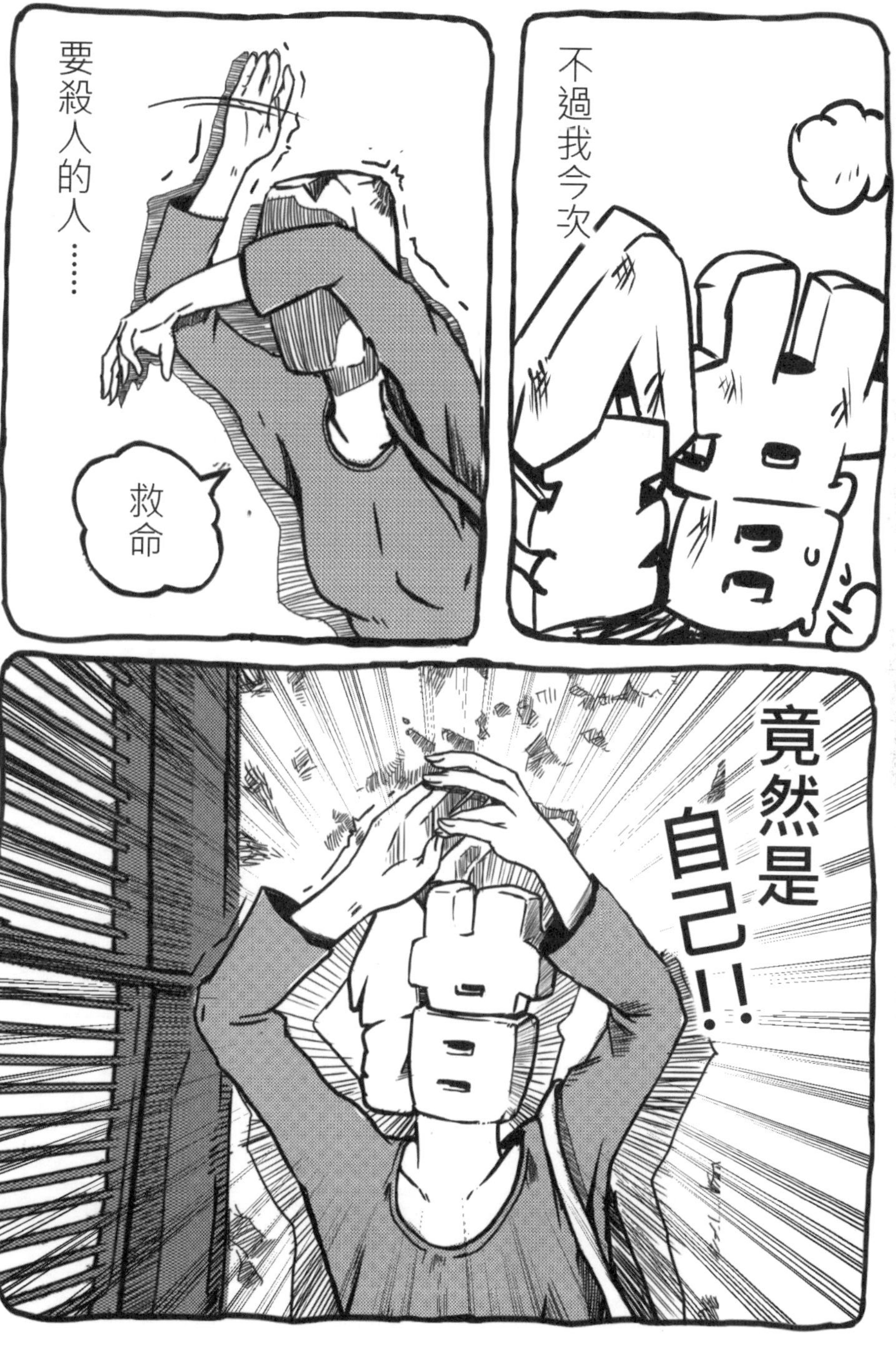
要殺人的人……
救命
不過我今次
竟然是自己!!

如其為失敗人生
咚
咚
咚
去殺死其他人
咚
咚
咚
咚
將自己的不幸和潦倒轉移給其他人
咚
咚
咚
既然有此份勇氣去殺其他人
卜
卜
消失
不如用此份勇氣將自己失敗過去殺死

第一次殺人

從今天起我的名字
不再叫金昔
捨棄了金
拿回了心
錯
惜
我的名字
叫金惜
珍惜過去的失敗的惜
珍惜現在新的人生的
——惜惜

火柴頭工作室
MATCH MEDIA Ltd.

匯聚光芒，**燃點夢想！**

《香港字遊學》

■系　　列：流行文化
■作　　者：Bobby
■出 版 人：Raymond
■責任編輯：Wing
■封面設計：samwong
■內文設計：samwong
■出　　版：火柴頭工作室有限公司 Match Media Ltd.
■電　　郵：info@matchmediahk.com
■發　　行：泛華發行代理有限公司
九龍將軍澳工業邨駿昌街7號 2 樓
■承　　印：新藝域印刷製作有限公司
香港柴灣吉勝街45號勝景工業大廈4字樓A室
■出版日期：2024年7月
■定　　價：HK$128
■國際書號：978-988-70510-6-0
■建議上架：流行文化